DISNEY · PIXAR

LE MONDE DE NEMO

UN PAPA MERVEILLEUX

PRESSES AVENTURE

Paru sous le titre original de : *Best Dad in the Sea*

Ce livre est une production de Random House, Inc.

Publié par **PRESSES AVENTURE**, une division de
LES PUBLICATIONS MODUS VIVENDI INC.
55, rue Jean-Talon Ouest, 2ᵉ étage
Montréal (Québec)
Canada H2R 2W8

Dépôt légal - Bibliothèque et Archives nationales du Québec, 2007
Dépôt légal - Bibliothèque et Archives Canada, 2007

Traduit de l'anglais par : Catherine Girard-Audet

ISBN-13 : 978-2-89543-598-3

Nous reconnaissons l'aide financière du gouvernement du Canada par l'entremise du Programme
d'aide au développement de l'industrie de l'édition (PADIÉ) pour nos activités d'édition.

Gouvernement du Québec — Programme de crédit d'impôt pour l'édition de livres — Gestion SODEC

DISNEY · PIXAR
LE MONDE DE NEMO

UN PAPA MERVEILLEUX

Par Amy J. Tyler

Illustré par Disney Storybook Artists

Conception par Disney's Global Design Group

Nemo aime son père Marlin,
et Marlin aime Nemo.

Ils sont très différents.

Marlin est prudent.

« Ralentis, Nemo ! »

Nemo ne l'est pas.

« Allez, papa ! »

Un jour, Nemo se sent
TRÈS brave.

Il nage très, très loin.

Oh non ! Un plongeur.

Marlin n'aperçoit plus Nemo.

Nemo se fait capturer !

Marlin nage à la poursuite
de Nemo, mais il est
trop tard.

PLOUF !
On dépose Nemo dans
un aquarium.

14

Comment fera-t-il pour
retourner à la maison ?

Marlin est triste.

Il veut retrouver Nemo.

Son ami Doris peut l'aider.

17

Marlin a très peur.

Ça ne dure pas longtemps.
« Mon fils a besoin de moi ! »
dit Marlin.

Marlin part à l'aventure
pour retrouver Nemo.

Il est TRÈS courageux !

Nemo reçoit de bonnes nouvelles.

Les secours sont en route.

Nemo s'échappe !
Doris trouve Nemo puis
ils partent à la recherche
de son père.

Ils demandent l'aide
des crabes.

Ils rejoignent Marlin,
puis se retrouvent
prisonniers d'un filet.

Nemo a un plan.

« Nagez vers le bas ! »

dit-il aux poissons.

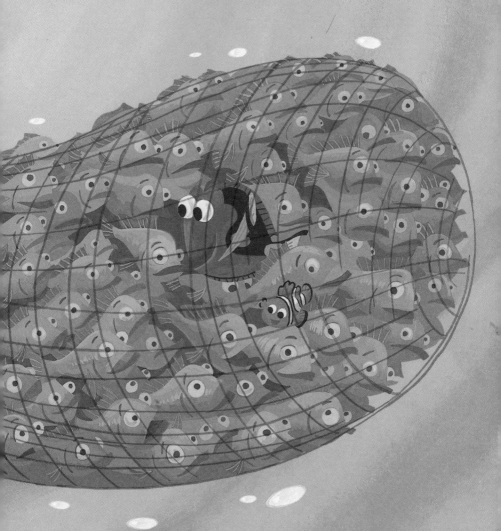

Ils sont maintenant libres !

« Tu as été très courageux »,
dit Nemo.

« Toi aussi tu as été
courageux », dit son père.

Nemo aime son père,
et son père l'aime aussi.

Au fond, ils ne sont
pas si différents !